古诗带你去探秘

美绘版 第一册

DOWEL 创作中心 编著

华东师范大学出版社

·上海·

图书在版编目（CIP）数据

古诗带你去探秘：美绘版. 第一册 / DOWEL创作中心编著. -- 上海：华东师范大学出版社, 2019

ISBN 978-7-5675-9890-4

Ⅰ. ①古… Ⅱ. ①D… Ⅲ. ①古典诗歌—诗集—中国

—儿童读物 Ⅳ. ①I222.72

中国版本图书馆CIP数据核字(2019)第263502号

古诗带你去探秘（美绘版·第一册）

编　　著	DOWEL创作中心
插　　图	DOWEL创作中心
策　　划	DOWEL东幻教育科技有限公司
责任编辑	宣晓凤
责任校对	时东明
装帧设计	DOWEL创作中心
出版发行	华东师范大学出版社
社　　址	上海市中山北路3663号　邮编 200062
网　　址	www.ecnupress.com.cn
电　　话	021-60821666　行政传真 021-62572105
客服电话	021-62865537　门市(邮购)电话 021-62869887
地　　址	上海市中山北路3663号华东师范大学校内先锋路口
网　　店	http://hdsdcbs.tmall.com
印 刷 者	上海普顺印刷包装有限公司
开　　本	889 毫米×1194 毫米 1/16
印　　张	6.25
字　　数	45千字
版　　次	2020年5月第1版
印　　次	2025年6月第15次
书　　号	ISBN 978-7-5675-9890-4
定　　价	40.00元
出 版 人	王　焰

(如发现本版图书有印订质量问题, 请寄回本社客服中心调换或电话021-62865537联系)

前　言

　　提起中国传统文化，古诗词大概是绕不开的，它是古人对当时生活以及自身情感表达的重要载体之一，也极有可能是孩子们最早接触到的传统文学形式。但是，要让学龄前的孩子去理解古诗的意境，很难；而如何记住这些古诗，也很难；于是，"DOWEL（东幻）创作中心"应运而生！

传统诗词　➡　DOWEL东幻创作中心加工中…

创意画面

运用符合孩子审美的视觉插画手法，紧密结合古诗的故事和意境，创造出充满想象力的画面，提升孩子的审美和想象力。

审美　联想

创意

思考

科学

逻辑

传统

美德

文化

STEAM理念

结合科学 (Science)、
科技 (Technology)、
工程 (Engineering)、
艺术 (Art)、
数学 (Mathematics)
知识和技能的学习模式，
拓展孩子的视野，
帮助其了解身边的世界。

传统诗词

通过生动的画面和游戏，将传统文化知识与现实生活紧密联系，帮助孩子巩固记忆。

所以这套书给小朋友提供的是：　传统诗词 ＋ 创意美学 ＋ STEAM理念

　　这套书跳脱传统思路，将古代诗词和现代STEAM理念相结合，用简单的语言、符合现代审美的画面，让孩子们直观生动地感受古代和现代生活的不同，同时还将两者合理融合在一起，让孩子们在了解科学发展过程的同时，也鼓励他们像历代诗人那样，对未知领域充满好奇和想象。

亲爱的小朋友

你们是刚刚接触古诗还是已经在被要求背涌古诗？
有没有觉得背得小脑袋都疼了，还记不住呢？

别着急，这可不是因为你们不够努力、不够聪明。古诗里说的可都是很久很久
以前的事，用的词语也是我们平时听不到也不常见的"古文"，很多别的小朋
友也和你们有一样的困扰，比如嗷姐和沛沛。

爸爸妈妈们看到你们皱着小眉头、苦着脸的样子，也在犯愁：怎么样才能帮助
你们呢？看到你们捧着美美的绘本不肯放下，我们有了主意：
把古诗画给你们看，用你们喜欢的方式去探索一下难懂的古诗到底在说什么，
再加上有趣的STEAM小知识和游戏，这下背涌古诗就变得简单了！
还在等什么，和嗷姐、沛沛一起来看古诗吧！

注：STEAM是结合科学(Science)、科技(Technology)、工程(Engineering)、艺术(Art)、
数学(Mathematics)知识和技能的学习模式。

目录

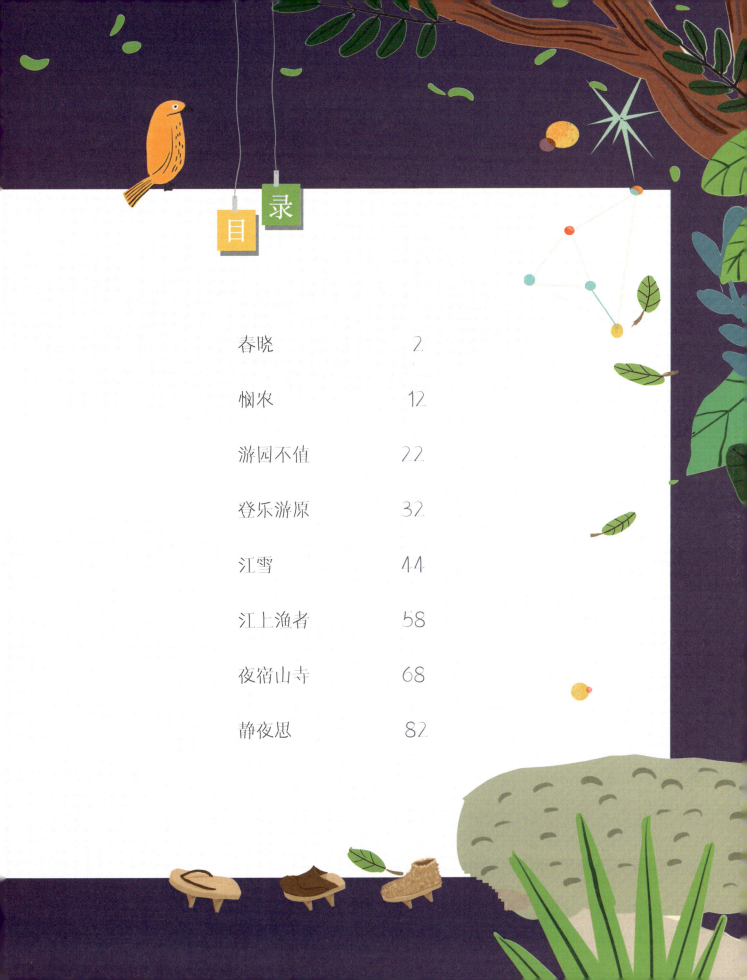

chūn xiǎo
春 晓

táng mèng hào rán
唐·孟浩然

chūn mián bù jué xiǎo
春 眠 不 觉 晓，

chù chù wén tí niǎo
处 处 闻 啼 鸟。

yè lái fēng yǔ shēng
夜 来 风 雨 声，

huā luò zhī duō shǎo
花 落 知 多 少。

译文：春天人们容易贪睡，不知不觉天就亮了，到处都能听到鸟儿的啼叫声。昨夜有刮风下雨的声音，不知道又有多少花因此凋落了。

niǎo

鸟　鸟　鸟　鸟

麻雀

有的鸟会飞

有的鸟尾巴很大　孔雀

有的鸟跑得很快

有的鸟会游泳

有的鸟很小　蜂鸟

鹅

所有的鸟都是从蛋里孵出来的。

驼鸟

喜欢吃果子

有的鸟喜欢吃虫

有的鸟

布谷鸟

大嘴鸟

4

春眠不觉晓
chūn mián bù jué xiǎo

人一到春天容易犯困，为什么？

1. 缺少维生素 D

因为经过一个寒冷的冬天，人们的室外活动量少，太阳晒得不够多，导致人体生成的维生素 D 也减少。缺少维生素 D 会让我们感到乏力想睡觉。

2. 花粉过敏

春天，好多花开了，花粉在空气中飘来飘去，飘进你的鼻子里，如果你对花粉过敏的话，就会像感冒了一样一直打喷嚏，影响睡眠质量。

3. 气温回暖，代谢加快

太阳日照时间和强度在春天都明显增长，人体血液循环和代谢都随之变快，导致大脑供氧量跟不上，人自然就会没精神了。

要打起精神呀！

怎么做能让我们在春天更有活力呢？

多喝水

参加户外有氧运动

早点睡觉

多吃蔬果

处处闻啼鸟
chù chù wén tí niǎo

春天到处都是鸟叫声！
都有什么鸟呢？

大雁

春暖花开，大雁从南方飞回来啦！它们一群群，"嘎嘎"地在天上叫！

啄木鸟

啄木鸟有尖尖的嘴巴，为了吃到藏在树皮里的小虫子，它在不停地"笃，笃，笃"啄着树皮，你听到了吗？

燕子

小燕子飞去温暖的地方过冬，春天又飞回来！它们最喜欢在屋檐下筑巢。

喜鹊

喜鹊喜欢把巢筑在民宅旁的大树上！说不定你家旁边的树上就有喜鹊的家。

听："喳喳！喳喳！"快去找它们吧！

布谷鸟

爱吃虫子的布谷鸟！你知道它们的叫声是怎么样的吗？

昕昕鸟叫声，
你能辨别出是什么鸟在叫吗？

好多鸟叫声啊！
我要去外面走一走，
用自己的耳朵昕昕看!

世界上神奇的鸟

世界上**最大**的鸟！

我是鸵鸟，世界上最大的鸟。

我的腿很长，脖子也很长，身高比你的爸爸妈妈还要高很多。

虽然我不会飞，但是我很强壮，而且跑得飞快，和狮子老虎打架我都不怕。

谁的蛋那么小？！

蜂鸟，你的蛋居然和我的指甲一样小，好可爱！

世界上 **最小** 的鸟

蜂鸟是世界上最小的鸟，只有小朋友的小手指那么长。它的体重只有 2 克，比一枚 1 角的硬币还轻。

根据体形，从小到大给下列选项标上数字

蜂鸟	鹅	鸵鸟
啄木鸟	大象	长颈鹿

长得像猫的鸟

猫头鹰因为面部像猫而得到这个名字。

它的眼睛被完全固定在眼眶里无法转动，所以它要不停地转动整个脑袋才能看到周围的事物。

还好猫头鹰有灵活的脖子，让它的脸能转向后方，由于特殊的颈椎结构，猫头鹰头的转动范围可达 270 度。

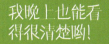

我晚上也能看得很清楚哟！

270°

啊！还是被看到了！

帮渔民捕鱼的鸟

渔民经常饲养会捕鱼的鸟，让它们来帮助自己，比如鸬鹚，它会潜水，比其他鸟类更擅长捕鱼！

好棒的鸟儿，谢谢你哟！

嘴巴里藏食物的鸟！

鹈鹕也很会捕鱼哟！它们在水里游着寻找目标，发现鱼群后，把鱼群赶向河岸水浅的地方，然后张开大嘴，把鱼装进去。
它们的嘴巴大到可以装下一个笔记本电脑哟！

夜来风雨声
yè lái fēng yǔ shēng

你们只听到过风的声音，想看看风去哪里了吗？

测风向的实验

实验工具：
指南针、剪刀、大头针、胶水、黏土、纸杯、吸管、带橡皮头的铅笔、卡纸。

1 在纸杯底部戳一个洞，将铅笔插进去（注意橡皮头朝上）。

2 用卡纸剪出5个小三角形，并在其中4个上分别写上"东、南、西、北"，参照指南针的指向将其贴在杯底。

3 将吸管一头剪出分叉，插入第5个三角形卡纸作箭头。

用黏土给杯子增加些重量，（如图）杯子才不会轻易被风吹倒哟。

4 用大头针将吸管固定在铅笔顶部的橡皮头上，注意不要钉死，让吸管可以轻松转动。

如果风是向南吹的，箭头就会指向南边。

根据指南针的指向放置杯子哟。

5 完成了！快拿到有风的地方试一试。在风中观察箭头的指向，就知道风去哪儿啦！

风雨里有多少花凋落了呢？

按数字对应的颜色填色后，数数看有多少朵花。

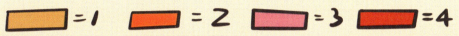

悯农

唐·李绅

锄禾日当午，
汗滴禾下土。
谁知盘中餐，
粒粒皆辛苦？

译文：正午烈日当头，农民还在田里挥动锄头耕作，汗珠滴入禾苗下的泥土里。又有谁会知道，碗盘中的食物，饱含了农民多少的辛苦劳动。

锄

chú

锄 锄 锄

农民的各种小工具！

嗨，我和耧车是播种的最佳拍档！

铁锨

耧车

铲土并把土搬运到需要的地方！
也可以把很深的土翻出来哟。

耙子

翻来翻去的，让每颗麦粒都可以晒到太阳。

镰刀

弯弯的镰刀，可以一下子割断一捆小麦！

鼓风机

去除并吹走麦粒的外壳，只留下饱满的麦粒！

15

农民阿姨的汗像
雨一样滴下来。

植物：燕麦

食物：麦片

食物：爆米花

食物：荞麦面

植物：荞麦

植物：玉米

连连看：
你能分辨出这些食物在田里的样子吗？

这些 食物 是用什么 植物 做的呢？

食物：面包

食物：白米饭

植物：水稻

食物：馒头

植物：小麦

食物：薏米粥

植物：薏米

粒粒皆辛苦
lì lì jiē xīn kǔ

一粒粒米饭
是怎么来的呢?

游戏规则:

① 两人玩石头、剪刀、布的游戏;

② 赢的人向前两步,输的人向后退一步;

③ 完成所有任务就能吃到香喷喷的白米饭啦!

开始 ➡ **1** 耕田除草,准备土地。

2 整平土地。

3 灌水。

水位:10cm 不能游泳!

4 准备好水稻幼苗。

5 插秧:将小苗苗插进土壤里。

6 除草。

7 捉虫。

游园不值

宋·叶绍翁

应怜屐齿印苍苔，
小扣柴扉久不开。
春色满园关不住，
一枝红杏出墙来。

译文：园主应该是担心我的木屐会踩坏他喜欢的青苔，所以我轻敲了柴门好久也没有人来开。可这满园的春色到底是关不住的，这不，就有一枝开着红色杏花的树枝伸出墙头来。

jī
屐

屐 屐 屐

古人穿的屐，
和我们穿的鞋一样吗？

我是小凳子。

我是木屐！

木屐

木屐，简称屐，是一种两齿木底鞋，穿上它走起来路来吱吱作响，适合在雨天或潮湿的泥地上行走。

毛窝子

和普通木屐不同，毛窝子是将整个鞋帮都做上去，以盖住整只脚，可以直接当作鞋子穿。穿上它冬天行走在雪地里时，比较保暖。

泥屐

泥屐的前半截类似木屐的形态，穿的时候连脚带鞋套进去，走泥地或者雪地的时候就不会弄脏鞋子，到了不需要的地方再脱掉，非常方便。

有了木屐的保护
就不容易受伤啦!

雨天地上又是水又是泥,
地面滑滑的很容易摔跤。

草丛里有些草带刺,
还有些草的边缘比较锋利,
一不小心脚丫子就会被划伤。

25

26

是谁进过园子呢？
请你当一回大侦探吧！

院子里的草地上留有乱糟糟的鞋印，请你仔细观察后，
用笔连线，看看这些脚印都是谁踩出来的。

给花园添上
春天该有的颜色吧!

一枝红杏出墙来

31

登乐游原

táng   lǐ shāng yǐn
唐·李商隐

xiàng wǎn   yì   bú   shì
向 晚 意 不 适 ，

qū   chē   dēng gǔ   yuán
驱 车 登 古 原 。

xī   yáng   wú   xiàn hǎo
夕 阳 无 限 好 ，

zhǐ   shì   jìn huáng hūn
只 是 近 黄 昏 。

译文：傍晚的时候我心情不好，于是驾着车登上了古原。夕阳无限美好，只可惜已经接近黄昏了。

傍晚的森林里
倒开始热闹了起来!

累了一天,
该回家休息啦!

睡了一天好饿呀,
我要出来找吃的了。

天快黑了,
蝴蝶蝴蝶,
我送你回家吧?

34

向晚意不适

35

晚上的森林是
哪些动物的天下？

你是不是在黑暗中就什么也看不清？
但好多动物夜里反而视力变得很好，我们叫它们：夜行动物。
看看这些动物剪影，你能认出它们吗？

我眼神其实不太好，
不过我的"雷达"超厉害！

看你们谁能找到我？

Awu!

qū chē dēng gǔ yuán
驱车登古原

马车（畜力）　普通马一般是 0.4~0.6 马力

自行车（人力）　普通成年人骑自行车
一般在 0.5 马力左右

蒸汽车（蒸汽动力）　最早的蒸汽车仅有几马力

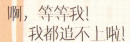

普通汽车（燃油动力）　普通家用轿车大约在 200 马力以下

新能源汽车（电力）　目前主流电动车大约在 200 马力以上

来呀，和我比聪明呀！

无人驾驶汽车

汽车越变越"聪明"了

经过几十年的实践，目前"智能"汽车已经实现了部分"无人"驾驶功能，在未来，马路上跑的车可能再也不需要司机来驾驶了。

动手画出你想象中的未来汽车吧！

太阳的位置和影子有什么关系呢?

根据小朋友的影子,
把太阳画在相对应的位置上,
并且指出哪一个是夕阳的状态。

西　　　　　　　　　　　　　　　　　　　　　　东

西　　　　　　　　　　　　　　　　　　　　　　东

西　　　　　　　　　　　　　　　　　　　　　　东

为什么太阳白天出现晚上又不见了呢?

当地球自转到面对太阳的那一面就是白天,
当地球自转到背对太阳的那一面就是夜晚。

地球会自转,
自转一圈就是一天。

我喜欢转圈圈!

我现在背对着
太阳啦!

黑夜

白天

自己转转不过瘾,
我还要绕着太阳转!

因为我们跟着地球一起转,
大家就误以为是太阳在跑来跑去
才会有日出日落的。

地球会绕太阳公转,公转
一圈绕就是一年。

41

只是近黄昏
zhǐ shì jìn huáng hūn

你能在啵妞的出行路线上，对照时钟，在方框里帮她标出正确的时间吗？

黄昏一般是指晚上六点到八点。

jiāng xuě
江 雪

táng liǔ zōng yuán
唐·柳宗元

qiān shān niǎo fēi jué
千山鸟飞绝，
wàn jìng rén zōng miè
万径人踪灭。
gū zhōu suō lì wēng
孤舟蓑笠翁，
dú diào hán jiāng xuě
独钓寒江雪。

译文：群山中鸟儿都飞走了，所有的道路上也完全看不到人走过的足迹。江面上的一艘小船上坐着一位身披蓑衣头戴斗笠的老翁，独自在这寒冷的下雪天钓鱼。

jué

绝 绝 绝 绝

qiān shān niǎo fēi jué
千 山 鸟 飞 绝

47

呼，呼——

冬天，
人们更喜欢待在温暖的室内。
怎么好多动物也不见踪影了呢？

冬天寒冷，也没有足够的食物，很多动物会选择在冬天到来之前
把自己喂得饱饱的，然后睡一整个冬天。

等到春暖花开的时候，再醒来活动和觅食。

动物的这个行为就是**冬眠**。

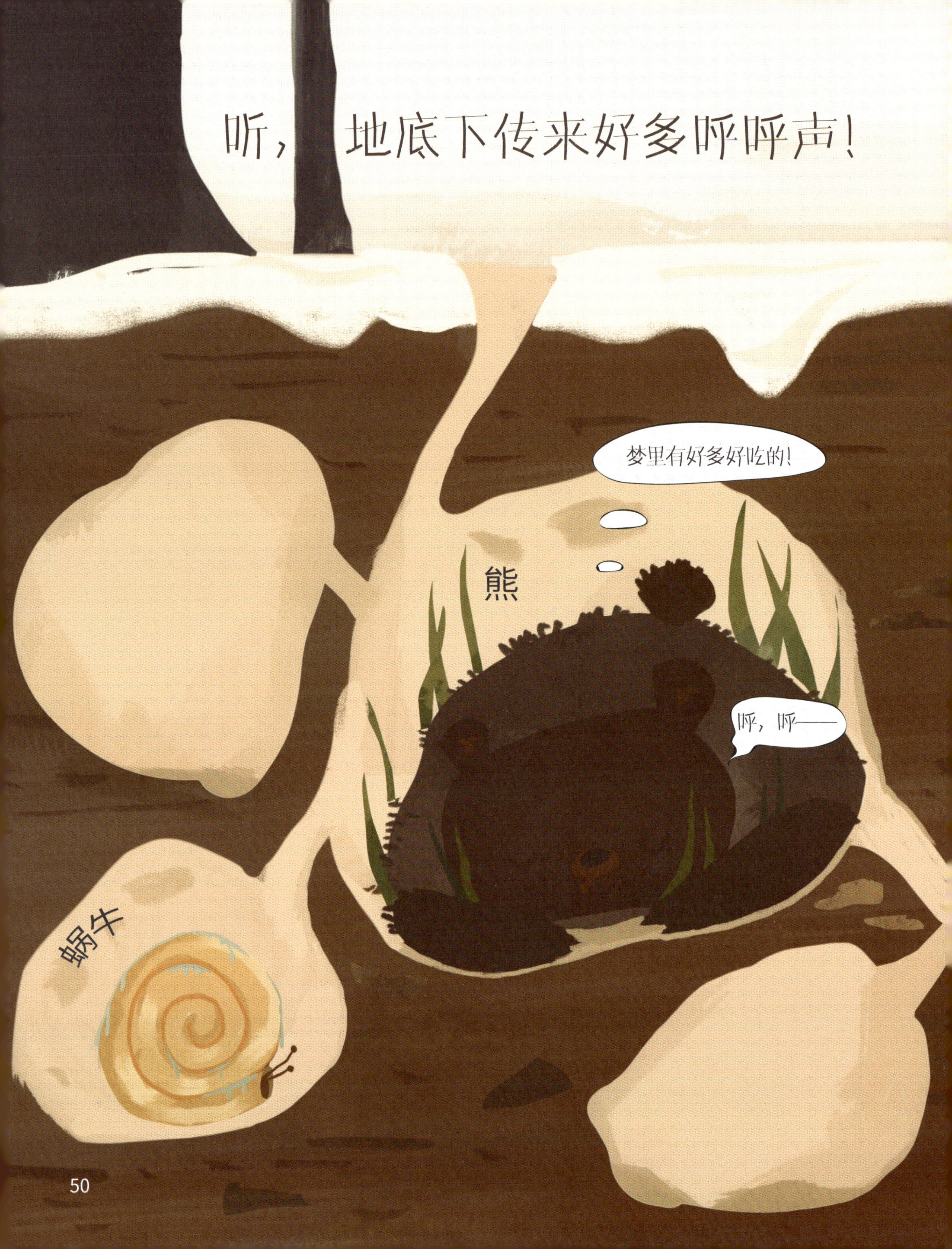
听，地底下传来好多呼呼声！
梦里有好多好吃的！
熊
呼，呼——
蜗牛

蓑衣
是什么呢？

古时候，下雨刮风没有雨伞怎么办？

聪明的人们就用不容易腐烂的龙须草来编织一种特殊的雨具：**蓑衣，所以龙须草也叫蓑衣草。**

蓑衣不透风，也不漏雨，穿上它，天气不好的时候也可以出门啦！

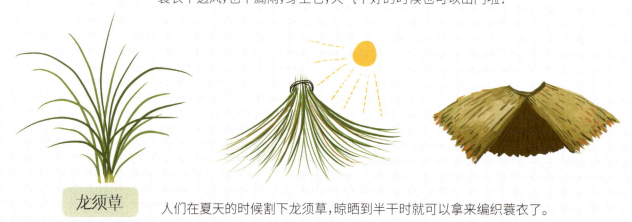

龙须草

人们在夏天的时候割下龙须草，晾晒到半干时就可以拿来编织蓑衣了。

52

独钓寒江雪

你们猜猜，
为什么他一个人在那儿钓鱼呢？

1. 其实约了朋友，但他的朋友迟到了。(不守时是非常不礼貌的行为哦!)
   _____

2. _____
   _____

3. _____
   _____

4. 他饿了，但家里没有吃的了，只好出来钓鱼。
   _____

5. _____
   _____

6. _____

......

谁能钓到最大的鱼？

我有两个鱼竿，我能钓到最大的鱼！

56

jiāng shàng yú zhě

江上渔者

sòng fàn zhòng yān

宋·范仲淹

jiāng shàng wǎng lái rén

江上往来人，

dàn ài lú yú měi

但爱鲈鱼美。

jūn kàn yí yè zhōu

君看一叶舟，

chū mò fēng bō lǐ

出没风波里。

译文：江岸上来来往往的人们，只喜欢鲈鱼鲜美的味道。你们看看渔夫的小船像树叶一样，颠簸漂浮在大风大浪里，时而出现时而不见。

江 jiāng
江 江 江

江上往来人
jiāng shàng wǎng lái rén

妈妈你看,岸上有好多人!

妈妈你看,江里有好多鱼!

想吃鲈鱼吗？
自己动手折吧！

一张正方形的纸，通过折叠后也可以变成一条
活灵活现的鲈鱼,来试试吧！

1

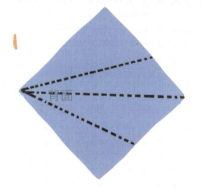

拿出一张正方形的纸，
如图压折。

2

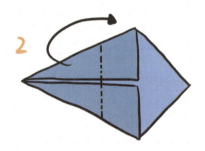

在二分之一处
沿虚线整体向后对折。

3

沿空心箭头和虚线展开
并折纸按压。

6

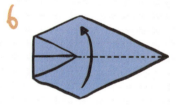

翻转一面
沿虚线上下对折。

5

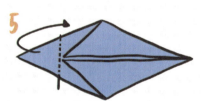

沿虚线向后折。

4

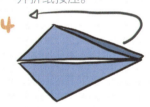

展开下层的三角。

7

将上角沿虚线斜向内折。

8

斜着打开折。

9

沿虚线向内翻折两边的边角。

10

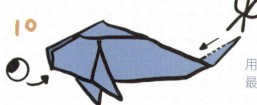

用剪刀沿箭头方向剪开后,向下翻折一个角。
最后贴上眼睛,纸鲈鱼就做成功啦！

轻舟

小渔船

我们来认识一下
不一样的船吧！

和我们一起来看看
谁捕到的鱼最多。

潜水艇

007

轮船

63

渔夫在风浪里飘摇，
我们快来帮帮他吧!

算一算：任意选择两条带奇数的鱼并将它们身上的

数字相加,你得到的结果是奇数还是偶数呢?＿＿＿＿＿＿＿＿＿＿＿＿＿

帮助完了渔夫，
再来帮助鲈鱼吧!

快帮我画上鱼鳞吧，
它对我可重要了!

1 我的鱼鳞可以减少我
在水里游泳时的阻力，
游得更快就更容易吃
到我爱吃的小鱼虾。

2 鱼鳞可以隔绝水中的
有害微生物，我才不
容易生病。

3 鱼鳞亮晶晶的，能反射亮光，想
吃掉我的大鱼看到后会眼花，
我才有机会逃跑。

4 猜猜我几岁了?

拿出放大镜来数一数我
鱼鳞上的"年轮"再加一，
就能知道啦!

还有哪些小动物
爱吃鱼呢？

鱼美味又有营养，不仅小朋友们爱吃，很多动物也爱吃哟，
在它们身上画一条小鱼作为标记吧！

夜宿山寺

唐·李白

危楼高百尺,
手可摘星辰。
不敢高声语,
恐惊天上人。

译文:(山上寺院的)高楼有上百尺那么高,我站在高楼上好像一伸手就能摘到天上的星星。我都不敢大声说话,害怕会惊动天上的人。

星

xīng

恒星是自身发光发热的球状天体。
离地球最近的恒星：**太阳**

卫星是围绕一颗行星做周期运行的天然天体。
地球的唯一卫星：**月亮**

宇宙中有数也数不清的各种天体，
其中有：**行星、卫星、恒星、彗星等**。

彗星由冰冻的气体和灰尘组成，
分成彗核和彗尾两部分，状似扫帚。
最有名的彗星：**哈雷彗星**

行星是自体不发光、围绕恒星
运行的天然天体。
我们的地球就是一颗行星。

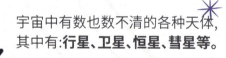

wēi lóu gāo bǎi chǐ
危 楼 高 百 尺

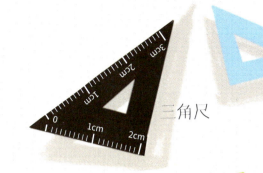

三角尺

直尺

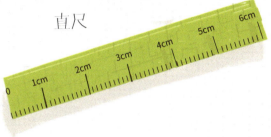

"尺"是什么?

尺是从古代沿用至今的长度单位。

现在的人们使用更多的长度单位则是厘米(cm)、米(m)。

1 米 =100 厘米

1 尺 ≈33 厘米

用来丈量的工具也叫尺哟!

找一把尺量一量这些常见物品的长度吧。

* 要用尺子量实际物体哦!

13厘米

语文书
一年级一

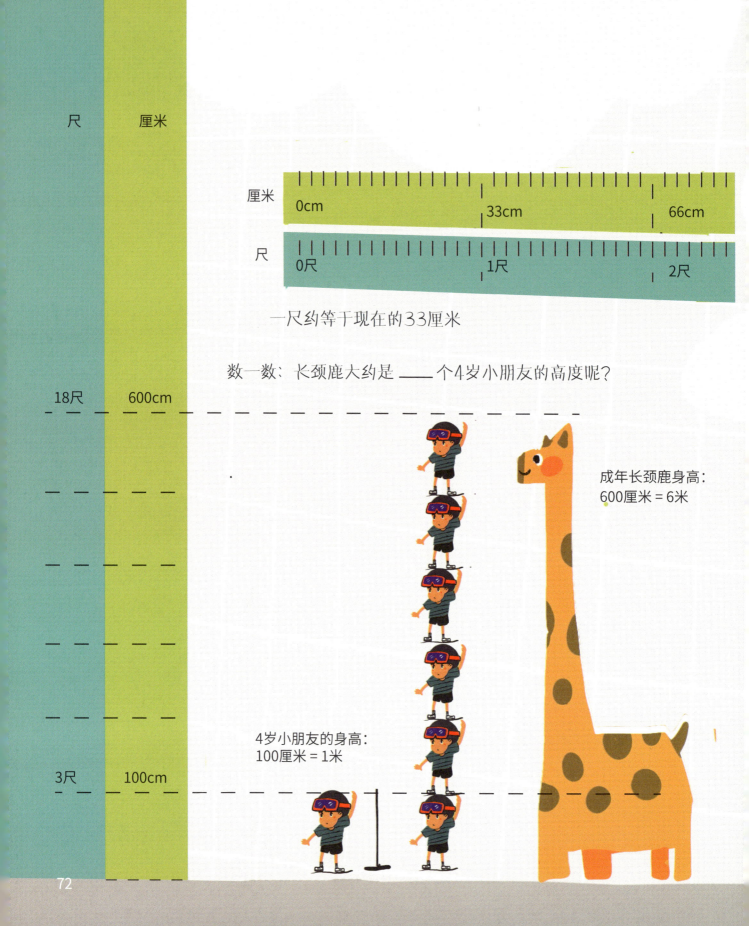

尺　　厘米

厘米

0cm　　　　　33cm　　　　　66cm

尺

0尺　　　　　1尺　　　　　2尺

一尺约等于现在的33厘米

数一数：长颈鹿大约是 ＿＿ 个4岁小朋友的高度呢？

18尺　600cm

成年长颈鹿身高：
600厘米 = 6米

4岁小朋友的身高：
100厘米 = 1米

3尺　100cm

古代百尺的楼有多高呢?

数一数:诗中危楼的高度大约是 ____ 个长颈鹿呢?

一百尺危楼高度:
3300厘米＝33米

3300cm   100尺

660cm   20尺

"星星" 到底离我们有多远?

> 我们太阳系八大行星一起手拉手吧!

> 拉手?
> 你的手有那么长吗?

415000000000 米

地球
自转一圈为一天,绕太阳公转一圈为一年

金星
肉眼所能看到最亮的行星

水星
太阳系中最小的行星
昼夜温差也最大

> 我动作慢还任性,
> 一会儿热情如火,
> 一会儿冷酷到底。

太阳
以它为中心的星系叫作太阳系

> 我来发光发热,
> 照亮你们!

我这里真的超级冷，冷到都站不起来了，只能躺着转了。

海王星
太阳系中离太阳最远的行星

我最神秘，要用天文望远镜才能看得到我哟！

天王星
自转方向和绕太阳公转的方向几乎垂直

土星
拥有太阳系中最大最闪亮的光环

旋转，跳跃，我自带最美丽的光环！

木星
太阳系八大行星中它的卫星最多，目前已知的就有 79 颗。

我从来都不会孤单，因为我的朋友最最多。

火星
运行轨迹和地球非常相似，有大气层，表面还存在大量冰块（水的固体形态），是太阳系中最有希望成为人类第二个家园的行星。

我和地球最像，有没有可能成为人类的第二个家园呢？

天上的人!
你看到我了吗?
这里这里!
我是地球人呀!

你们说什么?
我听不到!
因为声音在太空里
是无法传播的呦!

嘘!你这么大声
会吓到他们的!

76

恐惊天上人
kǒng jīng tiān shàng rén

天上真的有人吗？
是外星人吗？

宇航员是怎么到太空去的？

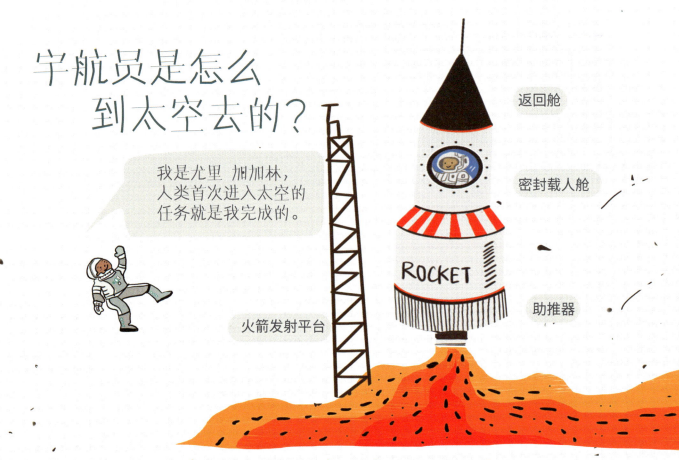

美国东部时间 **1969 年 7 月 20 日下午 4 点 17 分 42 秒，**
搭乘阿波罗 11 号载人航天器的三名美国宇航员顺利登月，
这是人类的足迹第一次到达地球以外的星球。

太空里可比地球危险得多，
没有完善的保护措施怎么行？！

宇航员的衣服为什么
有那么多层呀？
看起来很难穿的样子。

内衣舒适层

宇航员在太空中不能换洗衣服，
所以内衣层要足够柔软，
吸湿性和透气性良好。

外罩防护层

除了有防高热，
防磨损和保护
内部各层的功能外，
还有防太阳辐射的功能。

其他设备如通讯设备
和供氧设备的接口
也在最外层。

气密限制层

保持压力平衡，
让宇航员在太空中
所承受的压力和在
地球上时相似。

真空隔热层

保护宇航员在太空工作时，
不受环境过热或过冷危险的侵袭，
也可以防止服装内部的热量散失。

液冷层

将航天服中通风散热的气体
转化为液体，可以更好更快地
帮助航天员散热。

宇航服要具备以上所有功能，
才能保障我们航天员在太空
中生活和工作的安全哟。

还记得
宇宙飞船的样子吗？

帮助宇航员把另一半的航天器画完整吧！

"气球火箭"

做一个"火箭"让它升空吧!这个小小的试验很有趣哟!
准备材料: 气球 吸管 剪刀 胶带 绳子

1
拿一根吸管,将吸管剪掉一小段。

2
将绳子穿进吸管里,在绳子的顶端打个结或者绑上轻质的东西,以确保绳子不脱落。

3
吹一个气球用手指暂时掐住。

4
用胶带把吸管粘贴在气球上。

5
画一个你想送去太空旅行的朋友的脸或在纸片上写下他的名字贴在气球上。

6
一个人拿住绳子的一端站到椅子上。

另一个人拿住绳子的另一端,放开气球!

气球就顺着绳子飞上去啦!

你知道吗?

美国航天局 NASA 也是用特殊的气球和绳子来测试宇宙飞船的飞行轨道的哟。

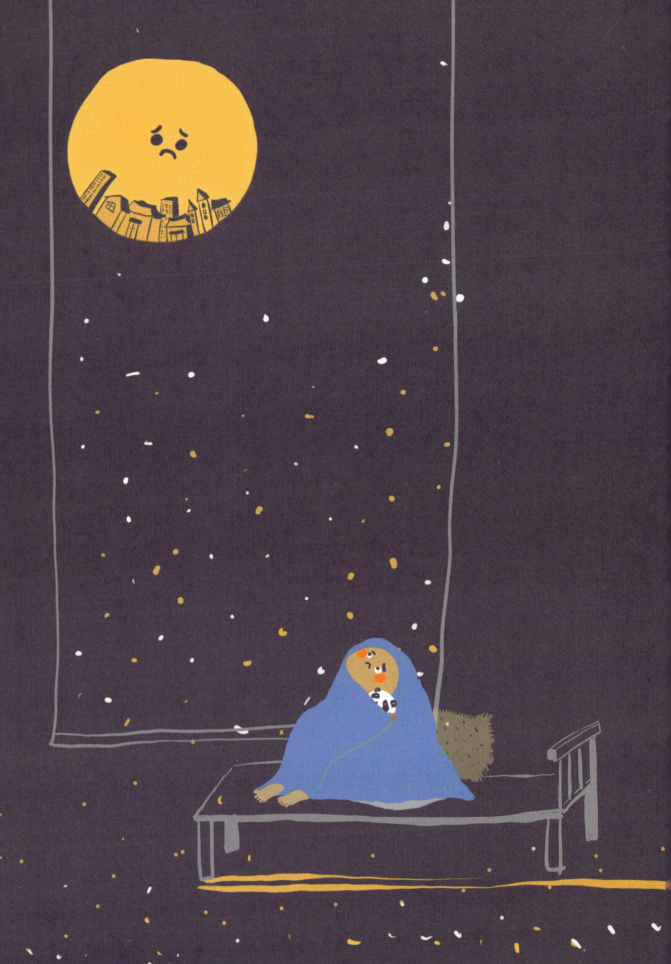

静夜思

唐·李白

床前明月光，
疑是地上霜。
举头望明月，
低头思故乡。

译文：床前有明亮的月光照进来，月光洒在地上好像是地面上结出了一层白霜。
我抬头看了看天上的明月，低下头就想起了我的家乡。

快看快看，月亮出来了！

啊啊啊！月亮被外星人吃掉了一口！

才不是呢！那是因为它被地球遮住了！

太阳

地球

月球

地球绕着太阳公转的同时自己也在转，而月亮是绕着地球转动的，所以月球、地球、太阳三个天体处于位置不同的时候，我们看到的月亮就会有不同的形状。

月亮自己是不会发光发热的哟！我们看到的月光其实是月球对太阳光的反射，但太阳的热量却不能用同样的方式传递，所以月光没有阳光那么亮，而且还冷冷的。

月亮，有哪些形状呢？

上弦月

凸月

蛾眉月

满月（望）

新月（朔）

凸月

下弦月

腊梅月

满月（望）

当月亮运行到对地球来说正好跟太阳相反的方向的时候，我们可以看到一轮圆月，这叫"望"。

新月（朔）

当月亮运行到地球和太阳之间时，月亮被太阳照亮的半面正好背对着地球，我们看不见月亮，这叫"朔"。

由"望"到"望"，或由"朔"到"朔"，平均起来需要29天12小时44分，这叫一个朔望月。

白天，
月亮去哪里了呀？

我们看到的月光是太阳照在月球上的反射光，它相对于
阳光来说微弱很多。白天阳光强，我们的眼睛被强光霸占，
无法分辨微弱的月光，所以才看不到月亮，而不是月亮在
和我们躲猫猫。到了晚上，我们所在的这一面地球背对
太阳，没有了强烈阳光的影响，我们的眼睛才看得到月亮。

太阳的光线

我们做个实验，来看看月亮的形状！

准备材料：黑色颜料、纸箱子、乒乓球、剪刀、手电筒。

1 拿一个长方形盒子，将盒子的内部涂成黑色。

2 在较长的两边剪三个大小一样，半径 0.5cm 的孔。保持间隔也一样，较短的另外一边剪一个洞。

3 在另一较短的边剪一个大一点的孔，让手电筒可以插进去。

4 将一个乒乓球用黏土粘在盒子的中央，确认乒乓球和洞在同一高度。

5 从不同的洞观察盒子里的乒乓球被手电筒灯光照射的形状，记录在下面的表格里。

实验报告 - 记录乒乓球在光照下的光影形状				
第 1 洞		第 4 洞		
第 2 洞		第 5 洞		
第 3 洞		第 6 洞		第 7 洞

观察天上的月亮的形状，
并将它涂成相应的形状。

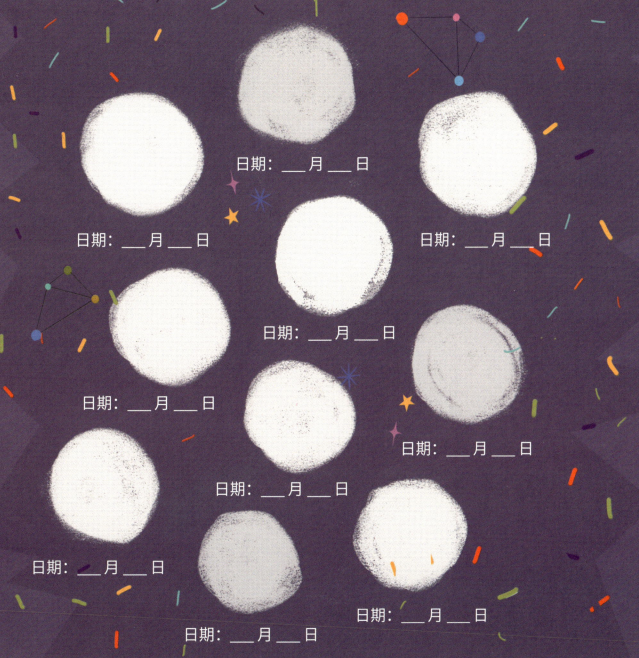

日期：___月___日

日期：___月___日

日期：___月___日

日期：___月___日

日期：___月___日

日期：___月___日

日期：___月___日

日期：___月___日

日期：___月___日

日期：___月___日

为什么看着月亮就想家了呢？

每年农历八月十五，是月亮最圆的时候，从地球上看，月亮与太阳处在正好相对的位置，（如同两个人正好脸对脸）。这天就是中秋节，也是家人团聚的节日！圆圆的月亮，象征圆满的家庭呦！

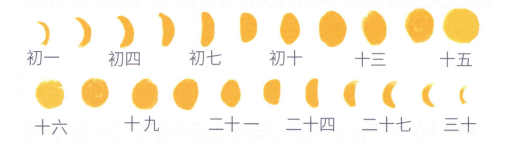

| 初一 | 初四 | 初七 | 初十 | 十三 | 十五 |

| 十六 | 十九 | 二十一 | 二十四 | 二十七 | 三十 |

中秋节怎么过呢？

中秋节

中秋节的传统习俗有：

燃灯、猜谜、吃月饼、烧塔灯等……

谜语会写在灯上，大家聚在一起想答案，

一边吃着各种口味的月饼，

一边看着家家户户点亮的灯。

你喜欢吃什么口味的月饼呢？

想家了就看看月亮吧，
家人们也和你看着同一个月亮呢！

DOWEL（东幻）创作中心简介：

传统和文化的传承，从娃娃开始。

然而中国传统文化博大精深，如何让低龄段的
孩子也能真正理解并喜爱？

DOWEL创作中心的设立，就源于此。

我们认为怎么开始很重要：

要遵循孩子认知能力的发展规律，从他们的视角出发，
用与时俱进的呈现方式，
和孩子一起了解中国传统文化。

DOWEL 核心成员：

梁立峰　潘薇亦　王民瑜　郭骅　陈凯悦　刘筱锐